高橋順子

泣魚句集

思潮社

泣魚句集

高橋順子

思潮社

装幀　清岡秀哉

泣魚句集

海鳴

1988-1998

貝割れをちひさきひとの荒らしをり

西せんか東せんかの桜狩り

九十九里浜

しらうをは海のいろして生まれけり

中国・西湖

夕焼けの桃売りにつきまとはれし

結界を張りたる縄に蝸牛

犬吠や日傘かざしてゆきしこと

赤まんまつみて祝言したりけり

百日紅《さるすべり》みんなむかしのことばかり

高槻・神峯山寺

風涼し縞蛇かくれゐるところ

新春　三句

むじな坂春著の人の上り来る

菊坂や春著の人の上り来る

団子坂春著の人の上り来る

坂本忠雄邸・節分会

長吉《ちようきつ》に木瓜《ぼけ》かつがせて月の夜

長吉・強迫神経症を病む

薬ひとつ経りたるうれし桐の花

でゝむしの子のやはらかき貝の殻

赤目四十八瀧

秋水に影をうつして天魚《あまご》かな

秋暑し卓袱台上る蟻の顔

マケドニアの旅より帰国

蟲の声聞きて日本の夜に入る

蔓物の曲がらず伸びて無月かな

庖丁の尖きの錆びたる無月かな

柿の実のごとき夕日を胸にもつ

時計屋の主人死にしや木の実雨

老いが恋おでんの中のゆで玉子

冬の夜襖へだてゝ紙の音

一九九七年元旦

若水の鋼のいろに祈るもの

詩集『時の雨』にて読売文学賞受賞

祝電のぽとりと来たる寒椿

潮水を吐きてちゞまる牡蠣の夢

利根運河

取り出せば笊いつぱいのつくしんぼ

母の作る草餅つねに大きくて

まだ言はる藷粉《いもこ》の団子で育てしと

焼きいもの鍋となりたる鉄兜

根津権現

紅つゝじ何かすつぽり隠しをり

春ゆくやふくらはぎ冷えつゝねむる

車前草《おほばこ》の花自転車に轢かれても

六義園

あめんぼをのせたる水のしなひけり

もう誰も叱つてくれぬ螢籠

七月一日長吉五十二歳

かなぶんの来てゐるきみが誕生日

旱天やわが静脈の暴れ川

不倫して触れずにゆけりねぶの花

魚津

うつせみのかたちになほも力あり

炎天下一直線に清掃車

淀川

腸《はらわた》のごとき鉄管夾竹桃

不忍池

蓮の花われらも宿のなき族《うから》

日暮しや高校野球延長戦

朝顔の数よろこびの数にして

明日香村　三句

石舞台てふてふてふてふてふ一踊り

月光の善悪分かつ二面石

神鳴や右首塚に至る道

柿の実のたわゝに生りて忌中なり

荒川土手　二句

釣り糸のからまつてゐる蘆の花

さへずりや姿もとめんとてもよし

三番瀬

いつの間に渡り鳥来し日曜日

何にても大根おろしの美しき

上京《かみぎやう》や夫《つま》がひいきのあぶり餅

定年の人に会ひたる冬至かな

一九九八年元旦

元旦やいつもの猫が路地をゆく

水仙や飼ひならしたる神経症

寒梅や清らに人ら離《か》れゆきぬ

長吉書斎　三句

新聞紙にくるみし凶器日脚伸ぶ

虻一つ死にたるまゝの書斎かな

虻死にておそろしくなる書斎かな

春雷やきのふの敵のうたふ歌

春の川わたれば春の人となる

見沼田圃

春田来て模型飛行機宙返り

一時代去りてげんげの雲の中

駿河大中寺和尚より到来

水かけ菜水うつくしきお国より

商人にならずにすみし鳥曇

自転車の輪に春泥のまはりけり

千鳥ケ淵

背後より桜の息のかゝりけり

春惜しむ飾磨《しかま》の人のしかめつら

をだまきや知らぬ人より来し手紙

少女らのゴム跳び遊び葱坊主

若葉雨目医者の声のくゞもりて

宮城県・薬萊山

釣られたる山女は風の音の中

宮城県・荒沼

水芭蕉この世のまなこ洗ひける

捨てられぬ古靴ともに梅雨に入る

次の間に籐椅子揺れてゐるやうな

さみだれのわれらが崖を流れけり

いびきにも潮の干満夏蒲団

雷鳴や洋燈《ランプ》の下の小世界

長吉『赤目四十八瀧心中未遂』にて直木賞受賞

直情にして無欲なり瀧の音

柿の実やくわんのんさまはおはします

秋風や横一線に並びし子

大鴉苦もなく年を越えにけり

藪椿

1999-2008

一九九九年元旦

初春や山姥の歯も抜けかはる

寒月や大金はこぶ人もあり

三月六日　三輪魯鈍逝く　享年五十五

魯鈍なり癌にたふれし春弥生

たましひよさはにさはげよ春の山

本郷

春雨や終の住処となりさうな

寅さんを乗せたる舟や春惜しむ

山なりに蝶のゆくなり母の里

わが恋はどの紫の花菖蒲

花菖蒲しづかに帯を解くごとし

あぢさゐの骨の中なる幼年期

朝顔やしばらく止まる下駄の音

朝なさな林檎の皮の蛇となる

春めくや社のわきの藁人形

瞽女《ごぜ》の目になみだわくなり苜蓿《うまごやし》

春の風邪声を飾りてゐるやうな

冴返る石州津和野の紙の店

ちょんちょんとつみ草をせし母若き

白子干しかたまる点のまなこかな

ひとりづつゐねむりをして花の宴

岸田衿子邸・谷中

駄目な人だめな女と金魚玉

冬瓜のころがつてゐる暑さかな

くちびるはへのへのもへじのへとなりぬ

祖父・石津國松

へびへびへび経をあげたる明の春

凩の坊主に会ひぬ北千住

八度目の結婚記念日ゐのこづち

二〇〇〇年十月十七日

新年の水平線を引つぱらう

二〇〇一年元旦

おぼろ夜のいたちちろりとながし目を
新鮮なアスパラガスの朝となる

菜の花の甘き匂ひを歩きけり

つゆ長し人魚に足が生えさうな

茜雲もて馬の腹洗ひけり

水喧嘩水はいよいよ澄みゆくに

蚊帳吊りてしづかな沼となりにけり

雷《いかづち》や月山《がっさん》下る大男

小春日の裁縫箱をのぞきけり

冬日和意外に大きな鯉の口

ふりむけば尻尾の風は鼬かな

千葉県海上郡飯岡町

花八ッ手海辺の町は軒低し

いまどきの女学生にも黄水仙

ものの名を忘れゆく人クロッカス

さへづりや木々にも耳はありにけり

駿河大中寺

白梅は浮き紅梅は沈みけり

白木蓮黒猫さまのお通りだ

花曇あくびしてから逃げる猫

麗らかや馬の名前にハルウララ

やどかりも抜けだしてゐる春の風

花水木観潮楼に至る道

千駄木・藪下通り

海亀の卵ふくらみさうな夜

自転車で風切るときに百合の花

凌霄《のうぜん》の花いつ天をあきらめし

蓮の葉に小さき童子睡りゐて

わが晩夏かたどる花はたますだれ

蛇穴の入り口はこゝ赤まんま

犬吠埼

海霧《じり》わいて灯台牛の鳴くやうに

くわんのんの千本の手にみのる柿

うるはしき大根足や旅に出ん

赤い櫛使ひしことも一葉忌

こんばんは猫むつみゐる朧月

蛇穴をいづるは誰ぞ選挙カー

子のなきはいつまでも子や糸瓜苗

軟骨をしならせをどる鯰かな

夫・車谷長吉

還暦の少年に寄す土用浪

南米パタゴニア・フィヨルド　五句

油断して氷河となれり輝きぬ

拒まれてゐるが清しき氷河行

南風こそ冬の風混乱童子

氷塊にあまい時間がたまつてた

船去りて氷河に虹はかゝるべし

二〇〇八年元旦

初春や猫の足音聞いてゐる

お遍路とわが名呼ばれし藪椿

麦踏みの人走り来て道を指す

父の国青うつくしき二月尽

春浅し飴玉入りの頭陀袋

浅き春くうちやん洟をたらしてる

くうちやんとは長吉のこと

吉野川風はきらきらわたりけり

菜の花やなむなむなむと迷ひけり

春の雨冥土の人と別れ来て

遍路舟両岸いまだ霞めるを
経読みてしづまるものを花吹雪

お遍路の菅笠光る風ひかる

春潮に乗りて未生の子は遊ぶ

一列に鳥の歩く春田かな

仁淀川

清流に影うつしけり葦の角

山笑ふ中に鈴の音まじりけり

仮の世を切り裂いてゆく燕かな

杖に付くお四国の土蓮華草

叔父・髙橋竹雄

角錐の英霊の墓遅桜

菜種梅雨お地蔵さんに網代笠

若草を叩き此処へと云はれけり

長吉の笠が見えてる麦畑

讃岐には仏頂面の老遍路

第八十八番札所・大窪寺

歩ききて膝の痛みや藤の花

生き急ぎ死にいそぎして遍路かな

遍路道この世の外へつづきけり

飆風

2009-2022

二〇〇九年元旦

食べられぬ名無し若菜は目で食べる

二〇一〇年二月十九日　寺田光和氏白寿

年々の雪の白寿となられけり

豊川

ほうたるや御油赤坂の川に飛べ

夏野菜小さきがうれし町暮らし

姫睡蓮日傘とたのむ黒目高

二〇一一年元旦

元旦や月の兎にお雑煮を

秩父路やみつばつゝじの女の子

がんばつてゐる東北のさくらんぼ

不穏なれど黄色いメロンしずくして
しらうをのよごれのなきをかなしめり

虫の好くたうもろこしやわれも虫

名月や大名時計博物館

秋彼岸緋鯉は遠く浮きにけり

長瀧七草寺めぐり　二句

をみならはみなゑみにけりをとこへし

萩山にのぼれば胸もぬれてゐし
福島がフクシマとなる国の秋

凩の耳飾りして別れけり

淡々と蠅の生まれる国境ひ

スカイツリーかすかにねぢれ花疲れ

ひつそりと金環日蝕瓜の花

さくらんぼ鬱はどこかへ行くでせう

秋の蝿どこまでわれについてくる

二〇一三年元旦

箒の目いづこを見つる初詣

二月十六日　義母・車谷信子逝く　享年八十七　二句

春浅し野良衣入れたる棺の中

日だまりに匂ひてあれな冬すみれ

心配のはうが大きい目高かな

折り紙の馬の眺める冬木立

一枚の葉つぱとなりて梅雨に入る

幾山河たうもろこしのハーモニカ

まばたきをすればこの海若返る

二〇一五年二月五日　最後の駄木句会にて

二月二十二日　父・髙橋勇逝く　享年九十八　二句

冴返るころ浪の音聞きたまふ

如月のまぶしきみほねひろひけり

淀川

花見舟暗き方より動きだす

五月十七日　夫・車谷長吉逝く　享年六十九　三句

君なれやわれを離れぬ蜆蝶

われは人のまゝ君は雨となりしや

仏壇のそばの風鈴姦しき

二〇一六年元旦

白椿一りん挿して戻り来る

九十九里いなさの風に貝動く

宗左近の詩碑　市川里見公園

さみだれや錆びたるもよし左近の碑

白神山地

赤とんぼおのが名を知つてゐさうなり

二〇一七年元旦

初凪に浮かんでゐるや海坊主

雨止まずやまずともよし花の宴

長吉三回忌　二句

どくだみの花のひとみを恋ふ人ぞ

毒虫も前足あはせ飆風忌

金沢

名月や二つの川を照らしけり

二〇一八年元旦

元旦や空の真中に笑む人も

花咲けば亡き人ら立つ石の上

二〇一九年元旦

くうちやんや泣きぞめののち笑ひ初め

初暦つまらなさうに伸びんとす

もうあかん猛暑の桃は美しく

八月十七日　母・髙橋勝子逝く　享年九十七　三句

白浪や月まどろめば母もまた

いづくにも月の光の綾なして

誉真院釈綾月大姉

さるすべり　あまいいろ　母みまかりぬ
カステラのざらめなつかし秋日和

玉葱のオニオンとなる台所
かなぶんはたうもろこしの野の函に

あんぽ柿あんぽんたんと暮らしけり

二〇二二年五月十九日　友人・大泉史世逝く　享年七十七

パソコンは暗し　もういいよと云ひし人

さみだれや不用不急の人となる

大中寺芋　息災に暮れにけり

あとがき

遺句集のつもりでしたが、連れ合いは先に他界し、作ってと頼める人もいないので、いのちあるうちに形を残そうとわれから編んで上木を決めました。

若づくりをしてはきましたが、もう隠れようもない老女です。ここに一生分とはいっても、わずかばかり、つまらないものですが、と差し出す次第です。

私は現代詩の作者ですが、句づくりを指導してくださったのは三人。一人は三輪魯鈍（利治）氏。早世した人ですが、青土社で机を並べていた上司で、安東次男氏の担当でした。安東氏仕込みの連句に私を導いてくれました。俳号泣魚はこのときからです。

二人目は長谷川櫂氏で、氏が「古志」を創刊する前、十人ほどの一ツ橋句会で手ほどきを受けました。動機は連句の座で五・七・五が早く作れるようにというお粗末なものでした。しかし連句の発句がのちに独立して俳句になったという歴史上の歩みに偶然沿っていることになりました。この会で俳句が何たるものであるか教わりました。

三人目は亡夫の車谷長吉。駄木《だぼく》句会という二人句会を断続的に二十年続けました。席題で○×△を付け合って、本気で遊びました。魂の交流があったと信じます。

俳句を通じて、たくさんの敬愛するなつかしい方々との出会いがあり、うれしく幸運なことに存じます。

最後に装幀の清岡秀哉氏、思潮社の髙木真史氏に御礼申し上げます。

二〇二三年晩秋

高橋順子

高橋順子　たかはし・じゅんこ

一九四四年千葉県生まれ。東京大学文学部仏文学科卒業。七七年、第一詩集『海まで』刊行。九三年、作家車谷長吉と結婚。詩集に『花まいらせず』（現代詩女流賞）、『幸福な葉っぱ』（現代詩花椿賞）、『時の雨』（読売文学賞）、『貧乏な椅子』（丸山豊記念現代詩賞）、『海へ』（藤村記念歴程賞、三好達治賞）、『さくら　さくらん』など。評論・エッセイに『連句のたのしみ』、『一茶の連句』、『夫・車谷長吉』（講談社エッセイ賞）など、著書多数。

泣魚句集《きゅうぎょくしゅう》

著者
高橋順子《たかはしじゅんこ》
発行者
小田啓之
発行所
株式会社 思潮社
〒一六二―〇八四二 東京都新宿区市谷砂土原町三―十五
電話〇三（五八〇五）七五〇一（営業）
〇三（三二六七）八一四一（編集）
印刷・製本
創栄図書印刷株式会社
発行日
二〇二三年十二月三十一日